Le code de la propriété intellectuelle n'autorisant, aux termes de l'article L.122-5,2° et 3°, d'une part, que les « copies ou reproductions strictement réservées à l'usage privé du copiste et non destinées à une utilisation collective » et, d'autre part, que les analyses et les courtes citations dans un but d'exemple et d'illustration, « toute représentation ou reproduction intégrale ou partielle faite sans le consentement de l'auteur ou de ses ayants droit ou ayants cause est illicite » (art.L.122-4).

Cette représentation ou reproduction, par quelque procédé que ce soit, constituerait donc une contrefaçon, sanctionnée par les articles L.325-2 et suivants du Code de la propriété intellectuelle.

Nous
seuls, face au monde

De
Jérémy Sensat

Préface

Je m'appelle Jérémy, je mène une existence dans l'ensemble plutôt ordinaire. Cela pourrait se résumer à métro, boulot, dodo... mais je pourrais rajouter, je suis peintre amateur d'art abstrait, je fais de la musique, je fais du sport, je fais de la randonnée... ça commence à en faire beaucoup. Je pense que notre vie est trop courte pour faire la même chose, mais aujourd'hui je vais vous poser une question :

Qui n'a jamais rêvé ne serait-ce qu'une fraction de seconde de changer de vie ?

Tout quitter pour tout recommencer à zéro

Ne pas faire les mêmes erreurs deux fois.

Si nous prenons du recul, nous sommes tous pour la plupart réglés à la minute près dans notre quotidien infernal.

Mais il arrive à un moment donné que l'on s'oublie dans ce grand jeu que l'on appelle la vie...

J'avais beau aimer mon quotidien que le jour où nous nous sommes retrouvés, j'avais pris la décision de faire un road trip qui serait mémorable pour nous deux. L'occasion de faire de chaque instant un moment inoubliable...

Cette chance ne nous sera peut-être pas présentée une deuxième fois.

...Et si seulement...

Sommaire

Chapitre 1:
Douce nuit

Chapitre 2:
Le début d'une nouvelle vie

Chapitre 3:
L'itinéraire de nos aventures

Chapitre 4:
Il était un petit navire

Chapitre 5:
Quinze degrés dans nos cœurs

Chapitre 6:
Bienvenue chez nous

Chapitre 7:
Mille reflets dans nos yeux

Chapitre 8:
Un silence qui voulait dire je t'aime

Chapitre 9:
Et si seulement

Chapitre 10:
La vie continue

"Allez viens, viens, viens
On s'en va
Tant pis j'ai pas l'heure
Et je sais pas où on va
On dira qu'on est pas loin
qu'on est même juste là
Je m'en fous partons quelque part
Une guitare, une tequila
allez viens on s'en va..."

Tamara "shy'm" Kamar, Côté (2015)

À ma mère...

Chapitre 1
Douce nuit

C'était encore une longue journée bien chargée. En ce samedi 30 mai comme chaque matin après mon petit-déjeuner, j'allais à la salle de sport qui se trouvait à cinq minutes de chez moi. J'y faisais mes entraînements. C'était un moment important pour moi qui me permettait d'évacuer le stress et la pression que j'accumulais dans mon quotidien. Une heure après je retournais à la maison pour prendre ma douche. Dans la foulée je faisais un brin de ménage puis une grande balade avec mon petit animal à quatre pattes.

Une fois la promenade terminée direction le travail. Il était onze heure du matin et j'avais l'impression d'avoir déjà fait un million de choses.

Je faisais le même trajet depuis pas mal d'années et à chaque fois c'était tout le temps le même calvaire. Entre les bouchons et les personnes qui ne respectaient plus les priorités. Je gardais mon calme et je restais patient.

À cette époque je passais mon temps enfermé entre quatre murs. Je travaillais dans le commerce. Je gérais une équipe de six personnes dans une boutique de vêtements pour homme.

Mon objectif chaque jour était de faire en sorte que les caisses de cette grosse entreprise se remplissent et ce peu importe le budget des clients... Ils devaient dépenser afin que je n'ai pas mes directeurs sur le dos. Dans ce milieu-là plus tu es hypocrite plus tu réussis !

Des arguments de vente à peine crédibles, qu'est-ce que j'en ai entendu...
"Monsieur, sincèrement ce blouson vous va très bien, même si vous ne pouvez pas le fermer..." ou bien "Monsieur, ce jean vous lâche un peu mais ce n'est pas grave, vous le lavez
une première fois à soixante degrés et il vous ira très bien..."
Voilà ce que je pouvais entendre par moment de la part de certains vendeurs.

Cela faisait presque dix ans que je travaillais dans ce milieu-là et il y avait des moments où je me demandais comment je faisais pour supporter toute cette pression des chiffres, cette foule oppressante et l'agressivité des gens qui ne sont jamais satisfaits. Les pauvres, faire les boutiques semblait être une torture pour eux, alors que cela devrait être un plaisir.

Je m'intéressais plus aux chiffres de ce magasin qu'à ceux de mon compte en banque.

J'étais le responsable adjoint de la boutique et je ne gagnais que mille quatre cents euros par mois. Un salaire dérisoire quand on connaît les lourdes responsabilités qui m'étaient données et les horaires de travail que je pouvais avoir.

Une journée type là-bas consistait à ouvrir le magasin à la clientèle, réceptionner les colis, faire du réassort, vendre, encaisser, arranger tout l'aspect visuel des rayons, se battre contre les voleurs, nettoyer la surface de vente, fermer la boutique...

Dis comme ça, cela peut sembler facile et on pourrait croire que c'est donné à n'importe qui, mais il faut faire preuve de calme et de patience pour pouvoir s'adapter à toutes les situations auxquelles on peut être confronté.

Beaucoup de gens ont la chance d'avoir fait de grandes études et être sur-diplômés, moi ce n'est pas mon cas. Mais ce que nous faisons dans la vie ne définit pas ce que nous sommes. Ce qui nous définit c'est la capacité que nous avons de pouvoir nous relever après être tombé.

Chaque soir, après ces grandes journées de boulot, je me réjouissais de retrouver mon conjoint R et notre petit bouledogue Français Elliot. Avec les années, nous avions construit un mode de vie équilibré et stable bien loin des bars et des dancefloors où nous avions connu nos premiers corps à corps.

Cela faisait presque dix ans que j'étais en couple avec lui et je me rappelle encore de notre premier rendez-vous comme si c'était hier. Je le revois se présenter devant moi habillé avec un polo noir, un pantalon treillis couleur gris et une paire de Converse aux pieds au motif camouflage. Notre premier tête à tête avait eu lieu dans un Mac donald et je dois bien reconnaître que l'on ne pouvait pas faire plus glamour et romantique comme premier rencard.

    Notre homosexualité était respectée de tous et je n'ai pas souvenir que l'on ait eu une seule fois un jugement sur notre orientation. Mais je ne peux pas affirmer cela à cent pour cent car je sais très bien comment les personnes peuvent parler derrière le dos des gens. Même les plus grands amis sont capable d'hypocrisie. C'est ce que j'ai appris avec le temps et l'expérience de la vie.

    Nous mangions tard chaque soir à cause de mon emploi du temps, mais cela faisait partie de notre routine.

    Une fois notre souper pris, nous nous baladions dans les rues de Villenave d'Ornon, tous les trois. On se racontait nos journées ou par moment nous ne disions rien mais on gardait un œil l'un sur l'autre. Notre chien était tout le temps promené sans laisse. On avait une confiance aveugle en lui. Jamais il n'a fugué et il a toujours été très obéissant. C'était un amour.

    Enfin voilà venu le moment que j'aime le plus dans la journée, celui de me poser sur le canapé devant une série peu importante avec ma petite boule de poils qui se colle à moi comme s'il voulait me tenir chaud.

    R partait tout le temps au lit vers 22H30, pour ma part j'aimais somnoler devant un écran.

    J'avais une très mauvaise habitude qui date de lorsque j'étais qu'un enfant. J'aimais m'endormir en écoutant des dialogues de personnages. Je devais n'avoir même pas dix ans, qu'avec l'aide d'un poste K7, j'enregistrais les sons de mes dessins animés et je les faisais défiler dans un petit walk-man. Les écouteurs aux oreilles, je fermais les yeux et j'imaginais les images. Cela me donnait l'impression que l'on me racontait une histoire. Depuis toujours je m'endors ainsi, comme-ci j'avais peur du silence ou bien que je cherchais à camoufler des choses que je ne voulais pas entendre.

    Aujourd'hui je continue mon rituel du coucher, mais cette fois en faisant défiler une série amnésique sur mon téléphone. Là encore mes yeux sont fermés et j'écoute jusqu'à ce que je plonge dans un sommeil que je trouve très agréable.

Très souvent, vers 2 heures du matin, je me réveille et je rejoins R dans notre chambre où il dort profondément. Je me faxe dans le lit pour éviter de le réveiller, mais comme je suis d'une discrétion légendaire il m'entend me glisser sous la couette.

Ce soir-là, je suis resté fidèle à mes habitudes. Un coussin, un plaid, mon petit Elliot contre moi, mon téléphone où je faisais défiler un visuel et c'est parti pour le meilleur moment de la journée. Allongé sur le canapé dans la position d'un fœtus, je profitais comme toujours de mon moment de relaxation à moi.

Il m'aura fallu peu de temps pour que je commence à comater, à peine cinq minutes. Les ronflements de mon chien ne me perturbaient même pas. Je n'entendais plus le tic-tac de l'horloge du salon et au fur et à mesure que le temps passait, la batterie de mon smartphone se vidait et ma tête de tout son poids ne faisait qu'un avec mon oreiller.

Qu'il était bon de pouvoir apprécier un moment pareil. Il n'y avait absolument personne pour me déranger. Je dormais comme un grand bébé de plus de trente ans.

À un moment donné je sentis quelque chose de doux et de chaud à la fois sur mon visage. J'ouvris les yeux et j'aperçus le soleil qui s'était déjà levé. Il perçait au travers de la baie vitrée comme pour vouloir me réveiller. Mais quelle heure était-il ?

J'avais dormi non-stop toute la nuit. Je ne m'étais même pas levé pour rejoindre mon chéri au lit.

Cet instant me fit bondir et me donna un coup de speed, comme-ci j'étais en retard pour aller au travail, alors que c'était le week-end.

Comme tous les matins, la première chose que je faisais, c'était de prendre un verre d'eau et de fumer une cigarette. Une bien mauvaise habitude que j'avais depuis trop longtemps.

En regardant le calendrier dans la cuisine, je lisais que

c'était aujourd'hui le grand pique-nique annuel qu'une de mes tantes organisait chaque année, pour réunir toute la famille. Comment avais-je pu oublier cette date ?

Il était déjà onze heure, direction la salle de bain pour prendre une douche en vitesse et m'habiller avec les premiers vêtements que j'attraperais. R était déjà prêt et comme à son habitude il me fît comprendre que l'on attendait que moi pour partir retrouver tout le monde.

Nous montions dans la voiture direction Arveyre, une petite commune à une demie-heure de chez nous. C'était là-bas qu'avait lieu l'événement familial. Bizarrement nous sommes arrivés plus rapidement que prévu et une fois sur place tout le monde était déjà présent.

Quel plaisir de revoir ma sœur, mes cousins et cousines avec leurs enfants, mes oncles et mes tantes. Même les amis de la famille de longue date étaient là. On devait être au moins cinquante.

L'apéro commença dans une ambiance des plus festives. On pouvait entendre des dizaines d'éclats de rire en même temps. C'était bruyant mais agréable à la fois.

Au bout d'un moment, j'ai senti une forte présence non loin de moi. Je commençais à regarder autour de moi et là je vis apparaître ma mère.

Je n'en revenais pas de la voir là, ça faisait tellement longtemps que je ne l'avais pas vu. Elle était vêtue d'une robe noir et d'un chemisier couleur bordeaux, ses cheveux étaient relâchés et coiffés en arrière. Son maquillage était toujours aussi discret. Avec les années elle ne changeait pas, elle restait cette belle femme élégante et souriante.

Je trouvais ça étrange qu'elle soit seule, mon père n'était pas présent.

Mais comment avait-elle fait pour venir depuis chez elle ?

Elle habitait à presque une heure de route d'ici et elle n'avait pas le permis. Peut-être que quelqu'un l'avait conduite jusqu'à nous.

Je n'avais pas osé l'aborder de suite, je voulais l'observer de loin. Je ne sais pas pourquoi mais elle semblait très à part, elle ne partageait aucune conversation avec les invités, elle ne se mêlait à personne. J'avais l'impression qu'elle regardait beaucoup autour d'elle, mais je voyais bien que quelque chose n'allait pas.

Son regard en disait beaucoup, il y avait comme une once de malaise en elle, comme-ci elle était intimidée et qu'elle se trouvait face à des inconnus. Quelque chose n'allait pas, je le sentais et il fallait que je sache. Je décidais d'aller vers elle pour l'aborder.

Chapitre 2
Le début d'une nouvelle vie

- Maman...
- Oh Jérémy... Me disait-elle tout en me serrant fort dans ses bras.

Ce geste dura plusieurs secondes. Je sentais les battements de son cœur qui sortaient de sa poitrine. Cela en disait beaucoup sur son état émotionnel et je devinais ainsi qu'elle n'avait pas le moral. Je pouvais d'un simple regard reconnaître ses sentiments les plus profonds et les mieux cachés.
Malgré les sourires qu'elle avait pu montrer durant toute mon enfance, je savais quand elle n'allait pas bien. Dans ses yeux elle avait conservé depuis toujours cette touche d'angoisse qui pouvait en dire beaucoup sur son humeur.
- Qu'est qui ne va pas ? Lui demandais-je droit dans les yeux.
- Ton père... tu sais...

C'était là première fois qu'elle osait se livrer sur les difficultés qu'elle rencontrais avec lui.
Elle semblait être gênée, mais elle n'aurait pas dû l'être. Je savais de quoi son mari pouvait être capable. Il nous avait montré de multiples fois à quel point il pouvait être méchant et irrespectueux envers sa femme. Mon père pouvait avoir un caractère insupportable. Il avait un gros problème avec l'alcool et quand il était ivre, ses actes pouvaient être violents. J'ai toujours gardé en mémoire, ces soirées, anniversaires, Noëls... gâchés par son comportement des plus détestables.
C'était pour moi le pire individu que je connaissais, la honte de la famille.
Ma mère s'était retrouvée plus d'une fois dans des situations les plus embarrassantes à cause de lui. Elle devait gérer ses caprices, c'était son troisième enfant.
Je me rappelais les nombreuses fois où elle avait dû aller le chercher au bar du village où nous habitions, tellement il était ivre. Je me souvenais aussi des difficultés financières

dans lesquelles on se trouvait régulièrement à cause de ses addictions. Il était incapable de gérer son budget ou de conserver un emploi et c'était ma mère qui devait à chaque fois mendier de l'argent auprès de leurs amis ou de la famille.

Je me suis souvent demandé comment elle avait pu le supporter pendant toutes ces années.

Physiquement la nature ne l'avait pas gâté. Il était petit, maigrichon avec trois cheveux sur le crâne. La plupart des personnes de son entourage l'avaient surnommé tête d'œuf à cause de la forme de son visage et il détestait qu'on l'appelle comme ça.

Il était la raison de mon départ prématuré de la maison où l'on vivait auparavant. Je m'en souviens comme si c'était hier. Une soirée où il était parti trop loin dans ses propos, une soirée de trop à n'avoir aucun respect pour nous...

Ce que j'allais dire à ma mère allait peut-être changer sa vie.

– Ne m'en dis pas plus maman, tu rentres avec nous ce soir !
– Mais ...
– La question ne se pose pas !
– Jérémy, j'ai peur que ton père vienne faire des histoires devant votre maison.
– Ne t'inquiète pas, nous allons bouger le plus souvent possible pour ne pas tomber sur lui.

Je n'avais pas eu besoin d'insister, pour elle comme pour moi, c'était une évidence on allait vivre ensemble.

Je ne voulais plus la laisser proche de lui, elle avait droit au bonheur.

La journée était très vite passée. Plusieurs litres de champagne étaient bus comme du petit lait et les toasts épongeaient tout l'alcool qui coulait dans notre organisme. Petit à petit la nuit allait arriver, les invités commençaient à ce faire rare et nous prenions la décision de rentrer chez nous.

Dans la voiture j'avais le sourire. J'étais heureux de

savoir qu'elle allait vivre avec nous pour une durée indéterminée.

R conduisait et restait concentré sur la route. Je regardais dans le rétroviseur extérieur du véhicule, je pouvais apercevoir le visage de ma mère assise à l'arrière. Elle était silencieuse tout en admirant les éclairages publics des villages que nous traversions.

La maison où R et moi vivions n'était pas très grande, mais l'essentiel était là. Un salon, une cuisine, une salle de bain, deux chambres et un minuscule jardin. Nous l'avions fait construire il y a environ cinq ou six ans de ça, sur la commune de Villenave d'Ornon.

Je présentais à ma mère la chambre d'amis où elle allait dormir. C'était une pièce de dix mètres carrés qui faisait office de bureau. Il y avait un petit canapé convertible en guise de lit.

– Voilà où tu vas dormir maman. Ce n'est pas très grand, mais on pourra dans la semaine réaménager la pièce.
– Non non non... c'est très bien comme ça.

Elle n'avait pas d'affaires avec elle et il fallait très vite organiser une virée shopping pour qu'elle dispose de quelques vêtements de rechange.

Je trouvais ça tellement bon d'avoir ma maman avec moi. Cela me replongeait dans mon enfance. Nous étions si proches à l'époque.

J'avais en tête mille projets pour nous. On allait se redécouvrir à travers de belles aventures et de grandes balades qui allaient nous réunir après tant de temps passés loin l'un de l'autre.

C'était peut-être pour elle, le début d'une nouvelle vie...

Chapitre 3
L'itinéraire de nos aventures

Notre premier petit déjeuner se passa dans un grand calme. R était déjà parti travailler, il débutait ses journées très tôt et rentrait souvent très tard.

Un bol de café avec quatre sucres pour elle et un bol de lait froid avec quatre cuillères de chocolat Nesquik pour moi. Quelques tartines de Nutella et de confiture, nous avons toujours été gourmands de sucrerie. C'était un des multiples points communs que nous avions.

L'urgence de la journée était de faire les magasins pour qu'elle ait des habilles de rechange. Dans la matinée, après avoir pris notre douche nous décidions d'aller au centre commercial pour lui trouver des vêtements. Notre budget n'était pas très élevé, mais nous avions réussi à trouver quelques tee-shirts et pantalons à des prix très raisonnables dans une grande surface. Ses choix étaient simples, du basique zéro fantaisie.

Quel allait être le programme pour la suite...?
Mon père allait-il se manifester ?
Combien de temps cela allait-il durer ?
Ma mère se posa énormément de questions et moi aussi.

– Qu'elle est la suite Jérémy?
– Je ne sais pas.
– Je n'ai pas d'argent, je ne vais pas pouvoir participer à vos dépenses, me disait-elle inquiète.
– C'est la dernière chose à laquelle je pense, mais il faudrait mieux envisager nos prochaines sorties. Je vais prévenir le travail de mon absence dans les jours à venir. Il serait préférable de partir d'ici, on ne sait jamais si papa venait à débarquer.

L'idée de savoir qu'il pouvait frapper à ma porte me stressait un peu. Il serait bien capable de faire un scandale et un caprice pour que ma mère rentre chez eux.

– C'est bizarre qu'il n'ait pas appelé. Tu n'as pas reçu un message sur ton téléphone, Jérémy ?

- Absolument rien ! Mais on ferait mieux de partir d'ici.

À travers mes paroles, je sentis qu'elle était embarrassée. Elle ne voulait pas être un poids pour R et moi et j'avais dû la rassurer pour pas qu'elle ne se fasse plus de soucis.
- Qu'est-ce qui te ferait plaisir comme sortie ?
- Je sais pas vraiment... peu importe tant que tout va bien.

Il y avait tellement d'années qu'elle n'était pas sortie de chez elle, il fallait qu'elle rattrape un peu tout ce temps perdu.

Durant plus de trente ans, elle s'était résignée à être une femme au service et sous l'emprise de son mari. Elle avait sacrifié sa carrière professionnelle pour fonder une famille et pour nous élever, ma sœur et moi, afin de nous permettre de devenir des adultes responsables et autonomes chargés de bonnes intentions.

Elle aurait pu devenir secrétaire dans un cabinet médical ou bien assistante vétérinaire. Elle avait eu depuis son plus jeune âge une grande passion pour les animaux et la nature et ce depuis toujours.

C'était un autre point commun que nous avions.
- Nous allons programmer ces prochains jours, lui disais-je.
- C'est à dire ?
- Nous allons noter sur une feuille un itinéraire et les haltes que nous allons suivre.

J'étais très doué pour organiser des sorties. Je pris mon ordinateur et je tapais sur le clavier Nouvelle-Aquitaine sur Google.
- Ce serait sympa d'aller jusque dans les Pyrénées.
- Jérémy, la dernière fois que j'y ai mis les pieds je crois que tu n'étais même pas né.

Un magnifique sourire se dessina sur son visage et ses

yeux se mirent à briller d'émotions. Elle ne pensait plus à mon père qui pouvait faire surface à tout moment, elle se projetait enfin. Elle donnait l'impression qu'elle allait découvrir une nouvelle vie qu'elle n'avait jamais pu envisager et tous les hauts et les bas traversés dans le passé, ne seraient qu'un souvenir à oublier.
- On pourrait passer par la côte pour aller à la plage, lui proposais-je.
- Ce serait super.
- On descendrait jusque dans le Pays-Basque et on bifurquerait vers les Hautes-Pyrénées. Peut-être que l'on pourrait même aller jusqu'à Tarascon pour voir ta famille.
- Ça fait tellement d'années que je ne les ai pas vus, je ne suis même pas sûr de les reconnaître... mais j'aimerais beaucoup les revoir.

Je notais sur une feuille le trajet de notre road trip que nous allions faire, mais je n'arrivais pas à prévoir notre retour. J'ignorais la suite des événements et cela m'empêchait de donner une fin à notre périple.
Nous étions motivés à l'idée de partir à l'aventure.
- Et tu prévois le retour quand ?
- Je ne sais pas, on verra bien en fonction de l'évolution de la situation.

Soudain, elle se demanda comment on allait payer notre sortie, mais je ne préférais pas me poser cette question. Mes moyens nous emmèneront là où l'on pourra. Le but était de s'évader, de partager de magnifiques moments ensemble et surtout de lui changer les idées.
- Quand souhaites-tu partir ?
- Maintenant maman.
- Maintenant ? Me disait-elle d'un air très surpris.
- Oui, maintenant !

Chapitre 4
Il était un petit navire

Nous préparions chacun notre sac à dos, quelques vêtements de rechange, une trousse de toilette...

Le minimum pour partir dans notre road trip merveilleux.

– Tu es sûr de vouloir partir maintenant ?
– Oui maman, on ne sait jamais si papa pointait son nez par ici.

Il était déjà 15 heures, je ne voulais pas perdre de temps. J'écrivais un mot à R que je posai sur la table du salon.

"mon ange, je ne serai pas
présent pendant quelques jours.
Nous partons sillonner la côte
Atlantique et nous irons sûrement
dans les Pyrénées...
Je ne sais pas quand je rentrerai.
Ne t'inquiète pas pour nous.
Je pense à toi.
Je t'aime fort.
Jérémy"

Je ne savais même pas si j'allais rentrer un jour. J'avais l'impression de tout quitter et que nous partions pour fuir notre passé.

Ce départ était peut-être précipité.

Sur un coup de tête nous allions peut-être changer nos vies. Était-ce une bonne idée ? Ou seulement de la folie ? Mais cette décision était avant tout pour elle.

Avant de partir je pris Elliot dans mes bras. Je lui fis plein de caresses et de bisous. Je n'avais qu'une envie, c'est qu'il vienne avec nous, mais R aurait été furieux de ne plus avoir son chien à la maison. Je n'avais pas le choix de le laisser et cela me fit terriblement mal au cœur. Je l'aimais tellement.

Nous chargions la voiture et partions sans vraiment réfléchir. On fit un petit arrêt à la station-service pour faire le plein d'essence et prendre quelques victuailles pour nous nourrir et c'était parti pour de nouveaux souvenirs.

    C'était une belle journée de printemps, la météo était avec nous. Au volant de ma petite Ford KA bleu, nous roulions dans le calme avec la radio en bruit de fond. La chanson Torn de Nathalie Imbruglia fut diffusée à l'antenne. Nous nous regardions un instant chacun un sourire au coin des lèvres. J'étais obligé de monter le volume, c'était une chanson que nous avions écoutée en boucle des milliers de fois quand j'étais enfant. Petit à petit, nous nous sommes mis à fredonner la mélodie, jusqu'à chanter à tue-tête, très faux dans un anglais complètement massacré.

    Nous étions bien, nous étions heureux.

    Bizarrement, il n'y avait que nous sur la route, pas une seule voiture ni un seul camion, zéro obstacle sur notre chemin. Le soleil brillait dans ce grand ciel bleu.

    Ma mère ouvrit la fenêtre en grand, elle sortit sa tête pour prendre une grand bouffée d'oxygène. Les cheveux dans le vent, elle se sentait libre et invincible. Je ne l'avais jamais vue aussi épanouie. C'était le début de la liberté pour elle.

    À un moment donné, quelque chose lui trotta dans la tête.

– Où allons-nous dormir ce soir ? Me demanda-t-elle.
– Là où nous arriverons.

    À vrai dire, je ne savais pas du tout quoi répondre, mais je laissais le hasard faire les choses.

    Cela faisait une heure que nous étions partis de la maison, je décidais de faire une pause à Arcachon.

    Nous décidions de nous asseoir en terrasse pour prendre un café et fumer une cigarette face au port de plaisance.

– Tu sens l'air iodé Jérémy ?
– Oui, il parait que c'est bon pour notre santé.

Elle regardait au loin et admirait les bateaux qui

quittaient leurs emplacements.
- J'aurais tellement aimé faire une croisière dans ma vie, me confia-t-elle.
- Il n'est jamais trop tard pour réaliser ses rêves.
- Oui mais tu as une idée du prix que cela peut coûter...

Je me levais sans rien dire pour aller au petit kiosque des promenades en bateaux. Je demandais des renseignements à la dame de l'accueil. Quinze euros par personne la balade de trente minutes et le départ allait se faire dans peu de temps. Je pris deux billets et courus jusqu'à notre table.
- Tu as fini ton café maman ?
- Oui, pourquoi ?
- Un bateau va partir bientôt pour une courte traversée, j'ai pris deux places. Il ne faut pas...

Je n'avais même pas eu le temps de finir ma phrase, qu'elle prit son sac à dos et partit en courant jusqu'au navire. Elle avait le comportement d'une adolescente presque hystérique. Elle semblait vraiment excitée à l'idée de faire une traversée sur le bassin d'Arcachon.

Nous embarquions sur une grande vedette qui comportait environ quarante places assises. Nous étions seuls, pas un seul touriste. Cela nous permettait de profiter de tous les points de vue.

L'air était plus frais. La brise marine se faisait sentir, ce qui faisait que nous n'avions pas très chaud. Ma mère s'était positionnée sur l'avant du bateau. Elle voulait être sûr de ne rien manquer des paysages. Elle admirait avec beaucoup d'attention chaque détail de la nature qui nous entourait. Je pouvais deviner dans son regard le plaisir qu'elle avait d'être là.

La mer était un peu agitée, mais on ne sentait pas les remous. On avait l'impression que la coque du navire ne touchait pas l'eau, comme si celui-ci volait au ras du sol.

Nous contournions les célèbres cabanes Tchanquées de l'île aux oiseaux, un lieu paradisiaque et incontournable à ne pas manquer qui nichait au milieu du bassin d'Arcachon.

Nous essayions de situer toute les villes que nous pouvions apercevoir à l'horizon.

- En face c'est Andernos-les-bains, suivi de Lanton et de Audenge, me disait-elle.
- Tu es sûre ?
- J'en suis certaine !

Elle connaissait très bien ces communes, sa grand-mère y avait vécu et avec ses deux sœurs, ma tante F et ma tante B. Elles y avaient souvent passé des vacances là-bas.

Des mouettes volaient au-dessus de nos têtes. On avait une petite appréhension qu'elles se lâchent sur nous. Quand nous les voyions s'approcher, nous nous baissions et mettions nos mains au-dessus de nous pour se protéger.

On faisait des signes de la main, pour saluer tous les bateaux que l'on pouvait voir ou croiser.

Sur le chemin du retour se dessinait au loin sur notre droite un immense tas de sable. C'était la dune du Pyla. Difficile de ne pas l'apercevoir, elle faisait plus de cent-dix mètres de haut et s'étendait sur plusieurs kilomètres. La plus grande dune de sable d'Europe.

Le bateau prit la direction de son point de départ, la fin de la balade était éminente. Nous profitions de ces dernières secondes à bord pour contempler le paysage marin une dernière fois.

Une fois les pieds sur la terre ferme, nous prenions la direction de la voiture qui était garée dans une rue non loin de là où nous nous trouvions.

On avait encore l'odeur de l'iode dans nos narines, elle se confondait avec celle du mimosa encore en fleur en cette saison.

- C'était génial, me disait-elle avec le sourire.
- C'était court !
- Les plus petits voyages sont souvent les meilleurs Jérémy. Il n'y a pas besoin d'être sur une île

paradisiaque avec des palmiers pour être heureux.

Elle n'avait pas tort, pourquoi partir à l'autre bout du monde alors qu'en France il y a tellement de belle choses à voir ?

Nous mentions dans ma petite Ford Ka pour reprendre la route. J'avais décidé de prendre l'avenue qui longeait le front de mer, afin de jeter un dernier regard sur le Bassin d'Arcachon. Au bout du chemin, j'avais dû tourner à gauche, laissant derrière nous ce moment qui allait devenir un souvenir mémorable.

Je regardais ma mère qui fixait le rétroviseur de la portière. Elle semblait déjà nostalgique de cet instant. Une petite larme se mît à couler le long de sa joue gauche. Elle avait l'air triste. Elle donnait l'impression qu'elle ne retournerait plus jamais sur le Bassin.

Chapitre 5
Quinze degrés dans nos cœurs

Peu de temps après avoir repris la route, un panneau indiquait "Bienvenue dans le département des Landes".

Nous venions de quitter le territoire de la Gironde.

Nous roulions dans les rues commerçantes de Biscarrosse et je me disais qu'ici il pouvait y avoir des opportunités pour passer la nuit.

Une fois garé, nous partions à la recherche d'un hôtel pas trop cher.

– Regarde Jérémy, il y en a un juste là.
– Allons voir !

Il se trouvait face à l'océan mais le prix d'une nuit était exorbitant.

– Quatre-vingt-dix euros la nuit ! Me disait-elle les yeux grands ouverts.
– Et oui, c'est le cadre et la vue que l'on doit payer.

Nous marchions plus loin pour voir si on pouvait trouver une chambre meilleur marché.

Nous profitions de cette recherche pour faire du lèche vitrine, une façon de nous consoler des tarifs qui étaient hors budget pour nous.

Les hôtels n'étaient vraiment pas donnés par ici et même si on était hors saison nous ne trouvions rien en dessous de quatre-vingt euros.

Nous nous séparions afin de chercher, sans succès un lieu où passer la nuit.

– Tu as repéré un endroit maman ?
– Absolument rien.

J'étais tellement découragé et démotivé que j'avais décidé qu'on aille se poser sur la plage pour réfléchir à un plan b.

Nous gravions une belle dune remplie de végétation sauvage. Nous nous posions sur le point le plus élevé pour admirer le paysage.

- Je pense qu'il faudrait rentrer chez toi... murmura-t-elle.
- Nous allons trouver une solution.
- Peut-être un camping ?
- À cette époque de l'année il n'y en a pas beaucoup d'ouverts je pense, mais ça reste une bonne idée à explorer.

On admirait le grand bleu, les vagues, les passants qui marchaient le long de la plage. Il y avait une ambiance très paisible et sereine. Le soleil allait bientôt se coucher et j'avais eu une idée complètement folle.
- Et si on allait se baigner ! Lui disais-je.
- Tu es fou, nous sommes en plein mois de mai, la température de l'eau ne doit pas dépasser les quinze degrés.
- Il faut se jeter dedans sans réfléchir.

Je me levais pour descendre la dune, elle me suivait mais avec beaucoup d'appréhension. On n'avait même pas prévu un maillot de bain, du coup nous décidions d'y aller avec nos sous-vêtements. Nous commencions à y mettre le bout de nos orteils.
- Mon dieu, elle est fraîche Jérémy, je ne vais jamais pouvoir y entrer.
- Mais si, le froid c'est dans la tête...

J'étais bien motivé à sauter dans les vagues.
Je proposais à ma mère que l'on s'éloigne du bord d'au moins vingt mètres, pour courir en plongeant dedans sans réfléchir.
- Tu es prête maman ?
- Ouais...
- Quatre, trois, deux, un...

Nous partions à toute vitesse et sautions dans la première vague. Une bouffée de fraîcheur envahissait nos corps. Que c'était incroyable de se jeter dans l'océan, de nager, de passer sous les rouleaux.

Pendant ce temps, le soleil partait réveiller un autre monde, alors que nous nous amusions comme des enfants.

Plusieurs dizaines de minutes plus tard, nous sortions de l'eau à vive allure pour prendre dans nos sac à dos les deux petites serviettes que l'on avait prévu. On s'essuyait vite pour ne pas tomber malade et aussitôt nous nous rhabillions.

Assis sur le sable, on regardait au loin les dernières couleurs de cette journée.

Une journée remplie d'émotions où nous avions pris un plaisir immense à partager notre passion commune pour la nature.

Nous ne pensions plus à notre recherche foireuse d'une chambre d'hôtel. Nous nous allongions sur le sable tout en mangeant un paquet de chips.

On admirait les premières étoiles dans le ciel qui devenait de plus en plus sombre. L'humidité nocturne commençait à se faire sentir quand tout à coup...

– Oh, une étoile filante, tu l'as vue maman ?
– Oui, elle était magnifique. Il faut faire un vœu !

Il parait que les vœux doivent être racontés dans notre tête et gardés secret. J'avais fait le souhait que chaque journée ressemble à aujourd'hui. Cinq secondes après nous nous fixions du regard pendant un bref instant, convaincus qu'on avait fait le même vœu.

Nous restions encore quelques minutes avant de partir rejoindre la voiture.

– Il est bientôt 22 heures, il y a très peu de chance de trouver un endroit où dormir à cette heure-ci.
– Je crois bien, dormons dans la voiture pour cette nuit, lui suggérais-je.
– Tant pis pour le confort d'un lit douillet, je suis

tellement fatiguée de notre journée que je pourrais m'endormir n'importe où.

Nous montions dans ma Ford Ka et décidions d'aller nous garer au parking qui se trouvait au bord de la plage.

Assis sur le capot, nous partagions une cigarette tout en regardant les étoiles une dernière fois avant de tomber dans les bras de Morphée.

– Demain est un nouveau jour et une nouvelle destination nous attend. Bonne nuit maman.
– Bonne nuit Jérémy.
– Fais de beaux rêves...

Chapitre 6
Bienvenue chez nous

Le jour se levait doucement après un nuit où nous avions été bercé par le bruit des vagues. Nous nous dépliions pour sortir de ma petite voiture, un peu courbaturés. Ma mère s'était endormie à l'arrière de mon véhicule avec sa veste en guise de couverture et moi à l'avant côté passager.

L'odeur du sel sur notre peau nous remémorait notre incroyable journée de la veille.

La faim commençait à se faire sentir, notre pauvre petit paquet de chips mangé sur la plage nous avait à peine calé l'estomac. Nous marchions dans les rues désertes en direction d'une brasserie pour y prendre un bon petit déjeuner.

- Quel est le programme de la journée ? Me demanda-t-elle.
- Nous allons prendre la direction d'Hendaye, tu connais ?
- Je n'y ai jamais mis les pieds là-bas.

Elle prit une gorgée de café, puis une deuxième et elle s'interrogea sur notre budget.

- Il va falloir faire attention aux dépenses. Je ne sais pas combien tu as sur ton compte en banque, mais je ne veux pas que tu te mettes à découvert.
- Le découvert et moi, c'est une grande histoire, lui disais-je en riant. C'est mon meilleur pote.

Après avoir fini notre petit déjeuner, j'avais eu l'idée d'emprunter les douches publiques de la plage pour nous laver.

Une fois tout propre nous reprenions la route. Ma conduite était celle d'un grand-père. Je ne roulais pas trop vite pour ne pas consommer trop d'essence.

Le ciel était chargé de nuages, tous avec des formes différentes. Ma mère était silencieuse et semblait pensive.

- Quelque chose ne va pas maman ?
- Je ne veux plus retourner à la maison, répondit-elle avec une voix basse.
- Tu peux rester chez nous autant de temps que tu le

souhaites, on pourra faire une demande de logement social et voir quelles sont les aides qui peuvent être proposées.

Une question me démangeait...
- Tu regrettes les choix que tu as faits dans ta vie ?
- Bien sûr que non, vous ne seriez pas là ta sœur et toi, me répondit-elle tout en me fixant.

Je m'en voulais de lui avoir demander ça. La réponse était évidente, ses enfants étaient sa plus grande fierté. Nous étions la seule bonne chose qui lui soit arrivée dans sa vie. Qu'avait-elle pu faire de mieux ? Elle n'avait pas de carrière professionnelle à elle. Elle passait ses journées enfermée chez elle à faire le ménage, regarder la télé ou lire quelques bouquins.
Cette virée devait vraiment lui changer de ses habitudes.
- J'ai vraiment tout fait pour changer ton père, mais aujourd'hui je suis fatiguée de vivre avec lui.
- Je comprends... Je ne sais pas comment tu as pu faire pour le supporter...

Son visage avait pris tout à coup des allures de perdante, comme si elle avait échoué dans ce défi qu'elle s'était donnée, celui de faire de mon père un homme meilleur.
Elle était mariée à lui depuis plus de trente ans. Trente années de sacrifice et de courage. Quand on connaît l'individu avec qui elle était liée, elle méritait bien une médaille pour chaque année passée à ses côtés.
Cette conversation l'avait un peu chamboulée, mais comme par magie les nuages dans le ciel s'écartaient comme pour nous indiquer la direction que l'on devait prendre.
Au loin, la chaîne des Pyrénées commençait à apparaître et on pouvait distinguer les restes de neige de l'hiver passé sur les sommets des montagnes. Cette vue lui redonna le

sourire.

Après deux heures de route dans le calme, nous voilà arrivés à Hendaye. Une fois garé tout près de la gare SNCF, on décida d'acheter un petit casse-dalle avant de prendre le El Topo (l'équivalent du métro Parisien) pour aller à Irun. Cette ville frontière entre la France et l'Espagne avait un grand centre commercial où il était possible de faire quelques courses alimentaires et se procurer des cigarettes pour trois fois rien.

Malheureusement ce projet fut très vite compromis. Un agent des forces de l'ordre contrôlait les pièces d'identité de toutes les personnes qui souhaitaient embarquer et ce afin d'éviter toute suspicion d'immigration. Ma mère n'avait pas sa carte sur elle. Elle l'avait oublié chez elle et cette situation l'avait énervée un peu.

— Mais enfin Monsieur l'agent, je suis Française, nous voulons juste aller faire des courses à Irun, disait-elle sur un ton agacé.
— Je suis désolé Madame les consignes sont les mêmes pour tout le monde !

Elle commençait à lever la voix.
— Baissez d'un ton madame !
— Mais vous me prenez pourquoi ?

L'agent ne l'impressionnait pas du tout. Il fallait que je la calme, sinon je pense que l'on aurait fini au poste de police. « C'est pas grave maman, nous allons aller ailleurs ».

J'avais oublié à quel point elle pouvait avoir du caractère et quand elle avait quelque choses à dire, elle ne se gênait pas.

Je lui proposais d'aller marcher jusqu'à la grande plage des deux jumeaux, pour aller manger un bout face à l'océan.

Nous étions assis sur un banc, un peu déçu en train de piocher dans une barquette de frites qui baignaient dans du ketchup. Je lui montrais du doigt les deux grands rochers quasi identique, qui étaient au loin sur le sable.

Par la suite nous jugions qu'il fallait reprendre la route, pour aller plus dans les terres afin de trouver un hôtel pas trop cher.

C'est ainsi que trente minutes plus tard nous arrivions à Espelette, la ville du piment.

C'était la première fois que nous venions là. On était fasciné par l'architecture des maisons avec leurs contrevents rouges. Dans les rues, il régnait une ambiance conviviale où chaque passant vous salue avec le sourire.

Nous demandions à des personnes que nous croisions des indications pour trouver un hôtel. Leur réponse avec l'accent du Pays-basque faisait que l'on ne comprenait pas toujours ce qu'ils disaient.

Nous continuions à marcher jusqu'à ce que nous apercevions une belle villa. Elle se situait au bout d'une rue étroite et non passante.

– Regarde Jérémy la belle demeure.
– Je crois que c'est une maison d'hôtes, qui sait ? elle a peut-être des chambres disponibles.
– Elle est vraiment magnifique, allons voir les tarifs.

Par chance le prix d'une nuit était très correct. Un dîner était proposé et inclus dans le tarif.

Nous fûmes accueillis de manière très chaleureuse par les propriétaires. C'était un jeune couple qui paraissait dynamique et très sympathique.

Ils nous faisaient visiter leur maison et ses extérieurs. Chaque pièce était décorée avec soin dans une ambiance rustique et chic à la fois. On sentait que le confort de leurs hôtes était une priorité. Ils nous présentèrent notre chambre. Elle n'était pas bien grande. Il y avait un lit double, une télé, une penderie et une petite salle d'eau. Tout cela nous garantissait une belle nuit au chaud.

Nous passions le reste de la journée à nous balader dans les jardins de la demeure, à regarder les collines et la végétation qui était très fleurie. Nous nous installions sur des

chaises longues au bord d'un bassin à poissons et nous laissions vaquer notre imagination...
- Si je gagne au loto un jour, je voudrais acheter une maison comme ça.
- Pour cela il faudrait d'abord jouer... regarde ton père, toutes les sommes astronomiques qu'il a dépensées dans les jeux, il n'a jamais gagné de quoi investir dans l'immobilier.
- C'est vrai...
- On a failli perdre la maison plus d'une fois à cause de lui et son démon du jeu.

Dès que l'on parlait de lui il y avait un grand silence qui s'en suivait. Tous les sujets de conversation que l'on pouvait aborder en l'évoquant, créaient un terrible mal-être.

L'heure du souper arrivait. Au menu, confit de canard accompagné de pommes de terre grenaille et d'une salade, le tout servi dans une vaisselle en porcelaine blanche étincelante. En dessert, un délicieux gâteau au chocolat qui sortait tout juste du four. Son odeur embaumait toute la pièce où nous mangions.

On était vraiment bien tombé, les propriétaires étaient aux petits soins avec nous. Ils faisaient en sorte que l'on se sente comme chez nous.

Lors du repas, ils s'intéressaient à nous. Ils nous posaient des questions sur nos vies, sans être trop intrusif. C'étaient des gens bien comme on aimerait en croiser plus souvent.

Le moment était venu de partir au lit. Dans notre chambre, nous regardions un peu la télé avant que celle-ci ne nous regarde.

On tomba tous les deux dans un sommeil profond. Une bombe aurait pu éclater que cela ne nous aurait même pas dérangé.

Il fallait récupérer et prendre des forces, car le lendemain une nouvelle aventure nous attendait.

Chapitre 7
Mille reflets dans nos yeux

Le chant du coq nous réveilla vers 7 heures. Il était impossible pour nous de nous lever, tellement nous étions bien dans les doux draps de coton et de flanelle. Mais il fallait se bouger, j'avais décidé de prendre la route en direction du département des Hautes-Pyrénées pour y faire une belle randonnée.

Une agréable odeur de viennoiserie toute chaude venait chatouiller nos narines.

Nous prenions le petit-déjeuner avec les propriétaires de la maison. Je n'avais jamais vu des gens aussi souriants de bon matin.

– Avez-vous bien dormi ?
– Oh que oui, le lit était vraiment très confortable, je ne voulais plus en sortir, répondit ma mère.

Après avoir pris notre douche et rassemblé nos affaires dans nos sacs à dos, nous remercions fortement ce gentil couple pour leur hospitalité. Ils nous avaient offert le petit déjeuner. Leur générosité nous avait beaucoup touché. Ni elle ni moi n'oublierons ce geste.

– Tu es prête maman ? Nous allons prendre de l'altitude aujourd'hui.
– Je suis plus que prête.

Nous reprenions la route, sous un léger brouillard qui commençait à se dissiper pour laisser place à une belle journée.

Je suivais l'itinéraire en direction de Lourdes. Ma mère admirait le paysage. Plus nous roulions et plus les montagnes se dessinaient les unes après les autres, de plus en plus hautes.

– Regarde là-bas dans le fond on aperçoit le Pic du midi de Bigorre, lui disais-je.
– Il parait minuscule de loin, mais en vrai son point le plus haut dépasse les 2800 mètres d'altitude.

J'étais assez impressionné qu'elle sache la hauteur de ce pic et je me disais qu'on pouvait peut-être y aller.

Le temps passait et elle me posa une question à laquelle je ne m'attendais pas du tout.
- Es-tu heureux Jérémy ?
- Je ne sais pas, c'est quoi pour toi être heureux ?
- Je pense que les gens se sentent bien dans leur vie quand ils n'ont plus de doute sur leur avenir.

Je ne savais pas quoi répondre. À vrai dire je ne m'étais jamais posé cette question. J'étais bien dans ma vie de couple avec R, mais professionnellement parlant je n'étais pas vraiment épanoui. J'aurais aimé avoir un travail plus passionnant et plus valorisant, même s'il n'y a pas de sous-métier dans la vie.
- Et toi maman, es-tu heureuse ?
- Aujourd'hui je le suis !
- Vraiment ?
- Oui, ce matin en me coiffant devant le miroir je me suis jurée de mener une vie épanouie et ces trente années avec ton père ne seront qu'un souvenir.

Je me réjouissais de l'entendre dire ça. Elle semblait avoir pris une des meilleures décisions de sa vie.
"Si tu es heureuse, je suis heureux..."
Pendant que je restais concentré sur la route, elle posa délicatement sa main affectueusement sur ma joue droite. Un geste qui signifiait beaucoup.

Nous arrivions à Lourdes, une ville très connue grâce au sanctuaire de notre dame et son eau bénite qui coule dans la grotte. Des milliers de malades y vont pour prier le bon dieu pour un miracle et allumer des cierges.

Nous avancions doucement dans les rues froides et tristes à la recherche d'une place de stationnement. Il y avait beaucoup de bâtiments abandonnés et certains endroits faisaient très glauques.
- Cette ville est déprimante, jugea-t-elle.
- Je te le confirme !

Nous prenions la décision d'aller juste au sanctuaire et de partir en suite dans la vallée d'Argelès.

Nous étions face à un monument historique magnifique construit dans les année 1870. On se sentait tout petit face à l'immensité de cette église. Elle faisait plusieurs milliers de mètres carrés, mais l'ambiance qui s'en dégageait ne nous mettait pas du baume au cœur. Voir tous ces gens mal en point priant pour un miracle n'était pas de toute gaieté.

Nous y sommes restés seulement un quart d'heure et par la suite nous avons récupéré ma voiture pour poursuivre notre chemin.

Une fois arrivés dans la ville d'Argelès-Gazost, nous trouvions rapidement un petit hôtel pour y passer la nuit.

Il était loin d'avoir le charme de la maison d'hôtes d'Espelette.

De l'extérieur l'immeuble semblait presque à l'abandon. Les murs étaient fissurés par endroit et à l'intérieur la décoration était minimaliste. Une odeur de moisi circulait dans les parties communes, mais pour quarante euros la chambre il ne fallait pas s'attendre à mieux et puis ce qui comptait pour nous c'était d'avoir un lieu où dormir.

Nous prenions un petit sandwich que nous mangions sur une table de pique-nique le long du gave de Pau. C'était un moment sain et pur. L'eau était cristalline. On pouvait voir les galets au travers sans difficulté. Les montagnes et le soleil qui brillaient donnaient des reflets magnifiques au fleuve. Cela nous éblouissait, mais c'était très agréable à regarder. Toutes ces couleurs qui se mélangeaient entre la végétation, le haut des sommets enneigés et au milieu la rivière qui circulait.

C'était un paysage digne d'une carte postale.

Nous avions eu la bonne idée de tremper nos pieds dans l'eau.

— OMG ! criais-je, elle est glaciale.
— Tu t'attendais à quoi, nous sommes en pleine période de la fonte des neiges, elle ne doit pas faire plus de huit degrés au maximum.

Peu de temps après, nous partions à l'office de tourisme pour récupérer un plan des balades à faire.

Il était bientôt 15 heures, cela faisait trop tard pour partir faire une randonnée. Nous décidions de faire un tour au parc animalier de la ville.

Nous étions surpris du nombre d'espèces qu'il pouvait y avoir. Nous commencions la visite dans une grande pièce qui contenait plusieurs animaux empaillés. Par la suite on aperçut toute une série d'oiseaux aux plumes colorées. Très vite se présenta à nous un enclos avec toute une colonie de marmottes, on avait même eu l'autorisation de leur donner à manger et de les caresser un peu.

À un moment donné, nous avancions dans une allée entourée de sapins quand tout à coup nous avions eu l'impression d'être observés.

– Maman... Je crois que nous ne sommes pas seuls.
– Oui, il a du bruit du côté des sapins...

On commençait à avoir un peu peur. On sentit une présence se rapprocher de nous...
– Oh regarde Jérémy...
– Je crois que ce sont des bouquetins.
– Je ne suis pas sûr, on dirait des isards.
– Non non, ce sont des bouquetins...

Ni elle ni moi avons su les différencier. Ils n'avaient pas peur des êtres humains. Ils s'approchaient de nous sans crainte. Nous étions assez impressionnés et en même temps pas très rassurés, mais on était enchantés par cette rencontre inattendue.

Nous finissions la visite du parc par un bref regard sur un ours qui dormait à poings fermés. Nous étions heureux d'avoir visité ce lieu magique et sauvage à la fois. On allait garder de belles empreintes dans nos mémoires.

Nous partions retrouver notre chambre d'hôtel avec une envie de passer une bonne nuit de sommeil. Le lendemain on souhaitait faire une longue randonnée qui allait nous demander beaucoup d'efforts.

Chapitre 8
Un silence qui voulait dire je t'aime

Le lendemain matin, nous nous réveillions avec des douleurs dans le dos. La literie du lit où nous avions dormis était de très mauvaise qualité. Nous pensions que le petit déjeuner servi allait nous consoler de la nuit que nous venions de passer, mais c'était encore une déception. Les viennoiseries étaient sèches et le café avait un goût très amer.

Après tout, pour le prix que nous avions payé, il ne fallait pas s'attendre à mieux.

Il était encore très tôt, environ 9 heures que nous commentions l'organisation de notre journée.

– Quel est le programme Jérémy ?
– Nous allons partir pour Cauterets, c'est à une demi-heure d'ici. J'aimerais que l'on face les crêtes du Lys.

Les crêtes du Lys étaient un ensemble de montagnes perchées à 2600 mètres d'altitude.

Après notre toilette, nous ne perdions pas de temps à nous mettre en route.

La journée s'annonçait belle, les quelques nuages dans le ciel ne masquaient pas le soleil.

Je n'avais pas l'habitude de conduire en montagne. Les virages et lacets dans les montées ne me mettaient pas en confiance et durant cette demi heure de route je peux vous dire qu'il ne fallait surtout pas me déconcentrer.

Nous arrivions au village de Cauterets, complètement émerveillés par l'architecture et le charme des maisons. Nous stationnions devant l'ancienne gare routière, un magnifique bâtiment en bois aux allures de western.

En marchant dans les rues, nous tombions sur les halles où se tenait un marché avec de nombreux traiteurs de la région. L'odeur de la cuisine locale nous faisait très vite oublier notre fade petit déjeuner du matin. Nous décidions d'acheter notre repas pour le midi avant de commencer notre excursion.

Nous trouvions facilement le début de notre randonnée. Elle était bien balisée et il fallait suivre le chemin de la GR10.

C'était un célèbre circuit qui part des Pyrénées

Atlantiques jusqu'au Pyrénées Orientales. Il était facilement reconnaissable grâce à ses deux traits blancs et rouges qu'il pouvait y avoir à chaque étape.

Nous avancions doucement à notre rythme. Les premiers mètres était déjà bien pentus. Sous nos pieds, un sol de cailloux qui nous faisait perdre l'équilibre de temps en temps, mais nous nous rattrapions l'un à l'autre pour éviter de tomber.

Nous nous arrêtions toutes les cinq minutes pour admirer le paysage. Un paysage à couper le souffle où la nature règne de toutes ses forces et de toute sa splendeur. On distinguait les voitures qui circulaient au loin dans le village, mais dans un silence incroyable. De là où nous étions on avait l'impression que c'était une ville muette.

À mi-chemin, nous décidions de faire une pause pour manger. On entendait des bruits de cloches. C'était un troupeau de vaches qui passait à moins de dix mètres de nous. Elles étaient toutes aussi belles les unes que les autres.

Je dois vous avouer que je préfère les animaux aux humains, bien que certains humains peuvent avoir un comportement animal...

Qu'est-ce que c'était agréable de profiter de l'immensité de ce moment. On pouvait apercevoir les plus hauts sommets des Pyrénées.

- Je crois que c'est le Vignemale là-bas, lui disais-je toute en lui montrant du doigt.
- Je ne pourrais pas te dire, je ne sais même pas à quoi il ressemble.
- Il s'agit du plus haut sommet de la chaîne des Pyrénées françaises.

Après une petite heure de pause nous reprenions notre ascension.

La fatigue commençait à se faire sentir. Cette randonnée demandait à avoir une bonne condition physique. Les montées pouvaient être raides par moment et les chemins pas bien larges. Il ne fallait pas se louper en marchant au risque de finir dans le vide. Par moment nous nous tenions la main pour nous soutenir ou nous aider.

C'était un grand moment de complicité et de partage entre nous.

Nous n'étions pas assez bien équipés pour une randonnée comme cela. Nous n'avions ni de bâtons ni de chaussures adaptés.

Ma mère eu tout à coup une pensée pour mon père.
– Tu crois que papa me cherche ?
– Je ne sais pas. Si il était venu à la maison R m'aurait envoyé un message.
– Et tu n'as pas eu de nouvelle ?
– Non, aucune nouvelle pour le moment ! Mais ne nous gâchons pas notre journée à penser à lui !

Les expressions sur son visage me faisaient comprendre que la situation monopolisait son esprit et devait la faire cogiter, mais je ne sais pas pourquoi... quelque chose me faisait penser que nous ne reverrions plus jamais mon père.

Il restait encore une bonne heure de marche avant d'arriver sur la crête. Je commençais à ne plus sentir mes jambes. Mes muscles commençaient à trembler tellement je les avais sollicités.

Ma mère était plutôt sportive et elle semblait déterminée à arriver jusqu'à notre objectif du jour.

Plus nous gagnions de l'altitude et plus des plaques de neiges étaient présentes sur notre chemin. Nous marchions dessus avec beaucoup de prudence pour éviter de glisser. Il aurait été dommage de se casser une jambe, alors qu'on se rapprochait du sommet.

Tout en étant un peu essoufflée, ma mère se mit à devenir nostalgique.
– Tu te souviens quand tu étais petit, tu avais attrapé des poux à l'école et tu t'en vantais auprès de tout le monde, comme si c'était génial d'en avoir.

- Je m'en souviens très bien, lui répondais-je en souriant. J'avais dû te faire honte.
- Un peu... Mais quand j'y repense cela me fait bien rire.

Cette conversation me fit à mon tour me sentir nostalgique. Je me repassais dans ma tête le film de sa vie.
- Pourquoi tu n'es jamais partie ?
- Vous étiez enfants ta sœur et toi, je ne voulais pas vous faire subir un divorce et puis je serais partie pour aller où ? Et tu penses que ton père m'aurait laissé partir sans rien dire ?
- Non c'est sûr...
- Il aurait tout fait pour me pourrir la vie. Je n'avais pas vraiment le choix !
- J'aurais préféré t'entendre rire plus souvent... J'aurais aimé te savoir en sécurité plus souvent...

Elle s'arrêta un instant et me dit "Le passé appartient au passé, on ne peut pas revenir en arrière. Ce qui compte aujourd'hui c'est ce que nous vivons ensemble..." Sa phrase me toucha énormément. Elle rajouta "tu as dit que l'on ne gâcherait pas notre journée... elle est précieuse pour moi"

Au fond de moi j'étais très émue, c'était la première fois dans notre vie que nous abordions se genre de sujet. Jusqu'à aujourd'hui, ni elle ni moi n'avions osé en parler à voix haute.

Nous continuions à avancer, on était proche du but. Je sentais que mon corps ne voulait plus avancer bien que je voyais l'arrivée à quelques centaines de mètres.

Il fallait que je me pause avant que je m'écroule, mais il ne fallait pas trop que je traîne car il y avait le retour à faire avant que la nuit ne tombe.

Je ne savais pas l'heure qu'il était mais le soleil commençait à être bien bas dans le ciel.

Assis sur un rocher le temps de reprendre des forces, j'admirais ma mère qui continuait à avancer. Le cadre était magnifique à voir. Elle était à contre-jour au milieu de cette immense montagne. Je ne voyais qu'une ombre de silhouette d'une dame avec son sac à dos.

À seulement quelques pas du but, elle se retourna et me regarda pendant plusieurs secondes. Je pouvais deviner ses lèvres qui bougeaient pour me murmurer quelque chose.

Je n'entendais pas le son de sa voix, je n'entendais que le silence...

Un silence qui voulait dire beaucoup...

Un silence qui voulait dire "Je t'aime"

Un "Je t'aime" qui voulait dire merci...

Elle continua pour enfin parvenir au point le plus haut de la crête. Les bras en l'air, grands ouverts à plus de 2600 mètres d'altitude, elle me regarda au loin une dernière fois... se retourna et avança sans aucun élan, dans le vide...

Je me mis à hurler :

« Maman ! Non... »

Je me levai et courus à toute vitesse pour la rattraper, la peur au ventre...

Au même moment, un magnifique papillon de couleur bleu s'envola dans le ciel...

"Moi aussi je t'aime..."

Chapitre 9
Et si seulement...

Une sensation d'humidité s'emparait de moi.

Le froid me créait des frissons dans tout le corps. Je me relevais au milieu du vide, l'obscurité m'empêchait de distinguer les formes et les mouvements. Je tentais de regarder autour de moi, je ne sentais plus l'odeur pure de la nature. Tous ces paysages avaient disparu. Toutes mes courbatures n'étaient plus là.

Mon visage était complètement mouillé, mais pourquoi ? Il avait fait si beau. J'avais une sensation de chamboulement, tout était confus dans ma tête. Qu'est ce qui m'arrivait ?

Je continuais à chercher du regard un indice ou quelque chose pour comprendre, mais rien.

J'avais pleuré...

Je commençais à faire un pas, puis deux, jusqu'à ce que mon tibia tape sur quelque chose. C'était la table basse de mon salon.

J'avançais vers une lueur qui venait d'une fenêtre, mes mains posées sur la vitre, je regardais au travers et j'aperçus mon minuscule jardin dans la nuit.

À côté de moi, le long du mur, un grand miroir. Je saisissais l'interrupteur de la lumière qui était juste au-dessus. Je vis mon visage, blanc, les yeux rouges...

J'avais le cœur lourd. Une envie de m'effondrer s'emparait de moi. Je ne souhaitais qu'une seule chose, repartir de là où je venais.

Je voulais l'appeler, mais je compris que cela ne servirait à rien.

Je ne la voyais plus...

Où était-elle ?

Je ne la sentais plus...

Où était-elle ?

Je ne l'entendais plus...

J'avançais jusqu'à la cuisine, je jetais un œil sur le calendrier et sur l'horloge mural.

On était le 31 mai, il était 3h du matin.

Je comprenais...

C'était son anniversaire.
Le réveil était brutal. Mon cœur battait à cent à l'heure.
Il fallait que je me rendorme.
Je m'allongeais de nouveau sur mon canapé avec Elliot tout près de moi. Mon oreiller était mouillé, j'avais dû beaucoup pleurer.
Je n'arrivais pas à retrouver le sommeil et plus j'insistais à vouloir retomber dans les bras de Morphée et plus j'avais les yeux grands ouverts.
L'envie d'allumer une cigarette me prit. Je sortis dehors fumer tout en regardant se magnifique ciel de nuit complètement dégagé.
Une étoile filante passa. Était-ce un signe ? Un message ? Ou un simple hasard ?
Je décidais de retrouver R dans notre lit. Je tentais de ne pas le réveiller.
Un baiser légèrement déposé sur son épaule et je refermais les yeux.
J'aurais parcouru le monde entier, fouiller tous les moindres recoins pour la retrouver, pour la revoir juste quelques secondes une dernière fois. La sauver de son envole dans les profondeurs.
Pourquoi n'existe-t-il pas une machine à remonter le temps ?
J'aurais tellement aimé vivre ses moments magiques avec elle.
J'aurais tellement aimé resté endormi.
Mais rien n'était réel, juste le fruit d'une nuit paisible à rêver d'elle.
Et si seulement...

Chapitre 10
La vie continue

Ma maman s'appelait Laurence, elle est décédée le 8 avril 2009 à l'âge de quarante-deux ans.

Elle a mené une vie des plus chaotiques. Entre son mari... « Je ne vais pas encore parler de lui, je pense que vous avez bien compris le genre de personne que c'était. »

Les problèmes d'argent...

Mais c'est finalement le cancer qui aura eu raison d'elle.

C'était à l'âge de trente-et-un ans que les médecins lui ont décelés la maladie d'Hodgkin.

Après plusieurs rechutes, ma maman avait pris la décision d'arrêter de se battre contre cette maladie. Le cancer s'était généralisé, elle n'aurait pu rien faire contre son propre destin.

Quand elle s'est mise en couple avec mon père et ce malgré les multiples conversations avec sa propre mère et ses deux sœurs sur le comportement de celui-ci, elle s'était résignée à faire de lui une meilleure personne. Par moment elle y parvenait mais c'était très souvent de courte durée.

C'était son premier combat...

Elle a eu deux enfants, ma sœur et moi. L'objectif qu'elle s'était fixée, était de nous épargner les péripéties de mon père et de nous éduquer avec tout l'amour qu'elle avait pour nous.

Ensuite, il y a eu les gros et récurrents problèmes financiers. Plus d'une fois le frigo était vide, le compte bancaire dans le rouge...
Son mari ne lui facilitait pas la vie avec ses addictions.

Quand le cancer a pointé le bout de son nez, elle a dû se dire "mais qu'ai-je fait pour mériter ça"

Onze ans plus tard et après avoir enchaîné séance de chimio sur séance et avalé des centaines de médicaments, la voilà partie dans les cieux éternels.

Nous avons tous séché nos larmes depuis, mais avec toujours un pincement au cœur quand nous l'évoquons.

Nous avons tous avancé, grandi, sans jamais l'oublier.

Comment pourrais-je oublier cette personne si formidable, cette battante qui m'a mis au monde ?

Comment pourrais-je oublier le parfum de sa douce peau, son visage solaire quand elle était heureuse, sa voix qui résonnait dans toute la maison quand elle nous demandait de venir à table.

Depuis son décès, j'ai mûri en gardant toujours au fond de moi une âme d'enfant complètement assumée et ce peu importe les moqueries et jugements. Je ne me suis jamais pris au sérieux et j'ai appris à profiter de la vie avec les moyens qui me sont donnés.

Je fais partie de ces gens qui croient que l'on façonne notre propre destin et que notre vie dépend des choix que nous faisons. En fin de compte tout dépend de nous. Nous écrivons l'histoire de notre vie, peu importe les mauvaises décisions que nous prenons. À un moment donné les choses sont tellement engagées, qu'il nous est impossible de faire marche arrière. Seul le courage nous permet d'avancer.

Mais malgré tout ça, la vie continue...

*Dans la nuit
l'étoile qui brille
m éblouit
à la recherche d'un outil
j'ai enfin trouvé cette horloge
qui me rend nostalgique
Allongé, un soupir
je rêve
que tu sois invincible*

**Nous seuls, face au monde
Jérémy Sensat**

"J'ai l'impression que dans ma tête
il y fait nuit depuis des jours
assis à la fenêtre
le ciel pleure il pleut encore sur mes joues
quand t'es plus là le temps s'arrête
pourtant les aiguilles tournent autour
il reviendra demain peut-être
enfin si demain veut bien faire demi-tour

Il pleut dans mes rêves
Je suis fatigué mais je n'ai pas sommeil
Est-ce qu'on bronze ou on brûle au soleil
Tout part en fumée
Absolem
Autant de sang dans de si petites veines
T'as bien fait de m'arracher les ailes
J'entend d'ici Amy et kurt Cobain
Tout part en fumé
Absolem"

Tamara "shy'm", Youssoupha, Brav, Kemmler (2019)

à la mémoire de Laurence Sensat
31 mai 1966 – 8 avril 2009

Mot de l'auteur

Nous seuls, face au monde, est un livre qui fait éco à mon premier roman RIP repose en paix, paru en octobre 2024.
Entre les rêves et la réalité, il y a qu'une seule frontière, celle du conscient et du subconscient. Au final, nous nous demandons, était-ce réel ? Nos réveils peuvent être brutaux en fonction des sentiments qui sont évoqués dans notre sommeil.
Quand j'ai écrit RIP celui-ci m'a permis de dresser un bilan sur l'enfance que j'ai eu et comment je me suis démêlé de tout cela. J'ai aussi pu me rendre compte grâce aux retours que j'ai reçus, que l'on avait tous des points communs. On se bat tous pour quelque chose dans la vie. Nous ne sommes pas si différents les uns des autres.
Nous seuls, face au monde, parle d'une mère et son fils qui décident de partir à l'aventure pour ne plus à avoir affronter le passé, se reconstruire, oublier les mésaventures vécues et se redécouvrir.
J'ai eu l'impression qu'en l'écrivant je recevais les réponses à des questions que je m'étais toujours posées.
De dures et belles histoires à la fois.
N'y voyez pas que le drame, il y a une moralité dans chaque chapitre.
Je vous remercie du fond du cœur, d'avoir pris le temps de lire mes livres, vos retours me touchent à chaque fois.
Belle vie à vous tous et n'oubliez pas, quand on réfléchit bien, il y a toujours du positif dans du négatif.
Prenez soin de vous...
Amicalement Jérémy Sensat.

Vivre, c'est rêver...
Rêver, c'est vivre...

Nous
seuls, face au monde

Jérémy Sensat